黄色いボート

原田彩加

新鋭短歌

黄色いボート＊目次

黄色いボート

夜のファミレス

瞬きもせずに見ていたペンの先　シンメトリーなあなたの名前

いつだって言いたいことの半分も言えないけれど　大きいね、月

回答を保留したまま過ぎてゆく今日という日に雪降りしきる

終電のドアに凭れて見ていればこのまま夜明けになりそうな空

ヘンゼルとグレーテルが振り向けば街　等間隔に光る信号

スプーンを水切りかごへ投げる音ひびき続ける夜のファミレス

コンビニの明かりの届く公園で砂場遊びをやめない母娘

帰ったら上着も脱がずうつ伏せで浜辺に打ち上げられた設定

振り向けば笑ってくれる恋人の浴室の壁のようなやさしさ

石鹸に刃を入れるとき欠けているもっとも圧を受けた部分が

バファリンが効くまで床にうずくまり鵺《ぬえ》のことなど考えていた

買ったもの思い出せずにAmazonの箱を開ければまた箱がある

照明を落とせばふっと息をつくあれはかわいい幽霊だろう

だんだんと小さくなってゆくのですマトリョーシカのなかに星屑

天窓に星が幾つか瞬いて／いてくれるから淋しくはない

やってくるひとは途切れず永遠に誰かのためにドアを押さえる

一団が駅へと向かう靴音のさらわれるほど風の強い日

淡い空　女性専用車の床を踏みしめている無数のヒール
ひといきれじっとしている通勤の電車はおもちゃ箱の静けさ

さみしい目玉

冬の橋細く輝きそのうえで連なっている白いトラック

スクランブル交差点から見つけ出す　互いの傘を高く掲げて

街を潤ませる無数の電球にさみしい目玉まぎれているよ

触れてくる手が温かい　少年を遊ばせている遊具の記憶

公園と呼べないここは草むらにきりん一頭錆びつくのみで

チョコレートの箱にゆっくり近づいて中身をさぐる冬の動物

問いかけが返らなくてもかまわない包丁の柄で潰すニンニク

コーヒーはこんなに黒い飲み物か深夜の街に雨が降ってる

北風の強い夜ですベランダのサンダル派手に裏返る音

あてどなく歩いた夜を思い出す椿を踏んだあなたの靴も

溶け残る雪のごとくに新しい場所へは持ってゆけないこころ

振り返らずに歩いていくひとを見送りながらほつれはじめる
しゃがみ込むわたしを包み込んでいる一年分のサイダーの泡

触れないでください

（触れないでください）散った花びらにうさぎの顔で近づいてゆく

人件費削減しようそうしよう浮ついている春の会議は

総務部のパキラの鉢に挿してある栄養剤に気泡がのぼる

コピー機のうしろの窓に鳩が来るけれども窓を越えては来ない

いうなればみんな近所のひとのよう同じ会社に四年もいれば

一斉に鳴っているのに誰ひとり取らない電話駆け寄って取る

もの言わぬやつらの給与明細を紙飛行機にして飛ばしたい

そうですねおそれいります意味のない言葉の先でねじれるコード

辞めるって決めたら楽になったよと踊り場へ来て同僚はいう

花びらの風に流れるオフィス街みなシルエットとなりて遊べり

議事録は上書きされて　断定で書いたところを直されている

花が咲くように怒りはいちどきに溢れてキーボードが壊れそう

退職予定者の名前は既になく「派遣社員」と書かれておりぬ

カーソルをあてれば表示される名の見つけられてもひっそりとして

誰も何も言わずに夏が近づいて臨月となるひとの荷造り

履歴書を書けば意外と書けることありてもうすぐ五年目の夏

次の会社へ

暮れ残る野に居るようなやさしさで退職までのひと月はあり

持ってゆく必要のないものばかり机にあって次々捨てる

五時を過ぎて机の中が空っぽになっても辞める実感がない

もうお会いすることのない方々へ一枚一枚菓子を配りぬ

この部屋で覚えたことは一冊のノートとともにシュレッダーした

ミルクティの甘さが残る夕暮れの屋上だけが風の吹く場所

働きやすいけれど無口な職場なり雨降りだせば雨の音する

話でも聞こうかというメール来て返さぬままに梅雨明けており

目が腫れたまま面接へゆく朝のそれでもきっとなんとかなるよ

退職後の土日ぼんやり泣いていて月曜日から次の会社へ

花束を買って遅れてくる君はわたしのことをわかっていない

色がよく見えていないという君の着ているシャツの薄いむらさき

花束の花がだんだん朽ちてゆき最後に残る黄色い薔薇は

真夜中に洗濯物を取り込めば見え隠れする月がまぶしい

あの角を曲がれば虹の脚があるかもしれなくて歩きつづける

ペーパーナイフ

みずうみに投じた石が沈んでいくようにひとりでいかねばならぬ

わたしたちもといた場所がなくなって不可抗力でここへ来ました

イニシャルを間違えられていることも洗礼として名札を付ける

浅い引き出しはお菓子の屑だらけ　今日からここがあなたの席よ

あずさゆみ春のうぶげを逆立てて鳥獣類のようなあくびを

壇上に追いたてられてスピーチをさせられている手負いの獣

屈折に騙されぬよう考えてやっぱり否と言い直したり

円卓の真ん中にあるクラッカー　自由のためにいま鳴らそうか

重要かそうでないかを見極める鳥のかたちのペーパーナイフ

粒という名前のダブルクリップをわたしはことに愛しています

眠ったら会いたい人に会えそうだ　会社の長い廊下を歩く

オフィスにて共同体であることをゆるせずにいるわれは病葉

言い澱むときに水辺は眩しくて手にしたものをふたたび捨てる

色々と喋ったけれどさみしいということだけが伝わっていた

あのひとのどこが好きかと問われればものを食むとき静かなところ

王国を夢想しながら嚙みしめた葡萄の種が苦かったこと

ひといきに陸へとあがる苦しさだ誰もわたしに話しかけるな

夕まぐれすこし眠って目覚めたらラジオの音がしぼられていた

きれぎれに明るい歌が聴こえくる　ユートピア、ってどこにあるのか

ぬかるみとして

こんなにもひとを嫌っている春は胸の底までぬかるんでいる

つくりもののように桜が咲いているライトが照らす夜の公園

丁寧に言葉つむいでいる様子なんとか修復しようと君は

どうしてもひとを嫌っている春はぬかるみとして花びらを受く

さりげなく花の記憶を分け合って路線図のごと分かれてゆくか

うん、あのね、忙しいからもう帰る　散りかけている桜を置いて

あなたにはその立ち位置でいてほしい回り続けているオルゴール

片耳をそっとはなした電話から鎖のように声はこぼれる

会わないでいられるならば会わないでいたいと告げて葉桜のまま

テーブルのうえはまぶしい曇り空ひとりの朝に皿を並べる

花殻

ゆうびんやさん、みたいに手紙携えて自転車を漕ぐ葉桜の下

初めから今日と決まっていたように風の力に抗わず散る

パンジーの花殻を摘むけんかして仲直りすることに疲れて

午後からの出勤　花の雨に濡れ会社のロゴがすこしはきれい

失くなった傘を探して南東へいまだ驟雨の去らない方へ

柔らかい雨に濡れつつあなたとは係わりのない鳥になりたい

さみどりの傘をたたんで水滴に触れる指先おまえも芽吹く

立膝にひたいをのせてしばらくののち方角を失う小舟

ゲート前で開園を待つ子供らは菫の花の群生のごと

博士曰く、植物園に咲く花はどれもこれもが酸っぱいのです

風の強い日にも怯えることはない昆虫館のモルフォ蝶たち

体当たりしてきた犬を抱きとめてこわばっていたこころが解ける

友人はルーフに散った八重桜ほろほろこぼし帰っていった

ゴーギャンの椅子は寂しい緑色わかりあえない相手でも好き

口論し傷つけあった君の目に浮かんだ月は歪んでいたり

チランジアキセログラフィカ持ち上げて（わたしの嘘を聞いていたかい）

もう二度と開かぬ窓と決めている窓を覗くな窓を叩くな

歯をみがく窓辺にいつもふせてあるガラスコップのなかの朝焼け

いりぐちはこちらですって姪たちのつみきの家に招かれている

靴下をたくさん風になびかせて眩しい午後にひとときき眠る

夕映えを反射する窓その奥にいるどなたとも代われぬしくみ

白っぽい街

僕のこともっと大事にしてほしい　そう言われているような沈黙

コメントを差し控えつつわたくしは自分のために紅茶を入れる

お金がないお金に換えるものもない花瓶の花が散りゆく春に

駅を出ていつもの橋を渡るとき吹き荒れている春のたましい

いうべきかずっと迷っていたことも桜が咲いてしずかになった

純朴であると褒められおとなしく遊びつづけるパンダの気持ち

来し方を顧みている微笑みにフロレンティアの睫毛きんいろ

印字されている日付の確かさよ溶け合っている記憶のなかで

歌ってる　もうこの世には無いひとの複製された声の輝き

空梅雨にどこへもゆかず鉄骨の隙間から見る白っぽい街

ああ今日は見えない砂が降っていて喋れば喋るほどにさみしい

梅雨明けの一歩手前の坂道で水の粒子につつまれたこと

左手が鋏を使いたがる夜しょうがないから握らせてやる

嫌いだと言われたことを真に受けてツキノワグマが俯いている

その先に枝葉が暗く繁るゆえ話せずにいることのいくつか

爪の先ほどの黄色い蝶々を本に挟んでしまった悪夢

許せないひとであってもフルネーム忘れてしまうほどの歳月

植え込みに潜んで雨があがるのを身動ぎもせず待っていたのだ

嫌わずにいてくれたことありがとう首都高速のきれいなループ

それは遠い国のできごと　核心に触れないように君に話せば

窓という窓のなかからあの窓が一番星のように灯った

今日の食卓

ベランダの上の階から降ってくる盛りを過ぎたバラの花びら

日除けにと母が育てしアブチロン日に日に部屋へ押し寄せてくる

家中に残されている母のメモ「コンロのうえにものを置かない」

鍋の底をかき混ぜていただけなのに中身がはねて火傷している

でたらめに歩いていても行き当たる東京メトロの駅のみずいろ

たそがれの歩道にひととすれ違うけれども誰の顔も見えない

目を開けていられなくなりハチミツの飴玉一個ひたすら舐める

コンタクトを外して帰る輪郭がなければ楽になる心地して

台所の熱気はかくや浸け置きの間も常に腐りゆく水

赤い実の生る木を置いてこの窓に鳥呼ぶという母の計画

グラスから虹がこぼれている真昼　両親といる今日の食卓

真っ白に降る夏の雨　鎖されて祖父母も見ているだろうか雨を

なだらかな斜面に百合がてんてんと咲くあの場所に祖母とゆきたし

見えているよりもあかりが乏しくてぼんやりとしか写せなかった

空中で窓を拭くひと三月のあの日みんなで見上げたビルの

ゴミ捨て場の網をくぐろかやめようか考えている痩せている猫

うずくまり日が昇るのを待ちおればいつかのように土が親しい

雨はいつ降ったのだろうしっとりとしている土に残す足跡

明日からまたひとりだと思いつつホームの先に焦げながら立つ

もう一度眠って母を置いてきた夢の場所まで戻りたいのだ

転んだ日

自分にも落ち度があって　躓いてこらえきれずに派手に転んだ

往来で転んだけれど無関心決め込まれている世界がいいね

スカートの長さで膝が隠れたらこの転倒はなかったことに

両膝にうっすらと血をにじませたままで通勤急行に乗る

感覚がすぐに麻痺する冬の日の東の空がとてもまぶしい

転んだといえば上司も友人もやさしい（他に要るものはある？）

キズパワーパッドが良いと教えられ傷を晒して買い物にゆく

今日何を食べようかなあ生きているばかりの夜にすれ違う人

転んだ日つくった傷は数日後うすくて赤い鱗になった

良きものを車窓に見つけながら春　白梅紅梅ならんで咲いて

アルカリ乾電池

薄暗い箱にふたたびしまわれて女雛が安堵している春よ

天上の金具のような三日月が暮れゆく街のすぐ上にある

手も足も凍える真昼カーテンの向こうは既に菜の花の海

友人としての抱擁春の夜のあなたの奥に心臓がある

銃弾ではなくてアルカリ乾電池　午睡の床に転がっている

チューリップの花びらほどに美しいものはないから掌に置く

このひとに縋るわけにはいかないと代わりに摑む連翹の枝

ふさふさの大型犬に見えるから抱き付きたいがまずいだろうな

名前など呼ばれなくても良いのです静かな花が野に咲いている

降り出した雨に歩道が濡れてゆく　君は他のひとばかり褒めるね

君はいま満ち足りていて芽キャベツの調理法など教えてくれる

いらないと言われても傘さしかける桜の花のべったりついた

ほんとうは何も憂いていないこと長く喋ればばれてしまうよ

期待したような言葉は読み取れずつくづくと見る悪筆のメモ

胞子たち点滅しつつ明け方に東京メトロで拡散したり

雪のよう陽光のよう波のよう　白いドットに吸い込まれそう

カーテンを透かして見える室内は教科書で見た花の断面

ひとりでも愉しい夜は兵隊《トランプ》を灯りの下で整列させて
信号の散りばめられてしずかなる夜に小さな熱量となる

黄色いボート

引火して辺り一面燃えているなかでようやくひとりになった
消えてゆく森と気づいたまだ君の発した声に笑っていたよ

また一つ記憶を失くしユーカリを震わせているコアラの目覚め

花の雨　胸の痛みがとれるまで池に浸かっているインド犀

首に手をまわしたあとはおとなしい猿よ　こころをはかっているの

誰からも愛されているアルパカは未来永劫武器をもたない

スカートの模様の中でひっそりと孔雀が羽を広げておりぬ

鉄柵にほよほよ付いている白い大鷲の羽　上へ上へと

フレームにおさめてみればフレームに囲まれている空がきれいだ

このひとは夭折の画家　年表の最後に白い写真があった

振り返る／振り返らない　明け方の夢に聞こえる自転車のベル

行列がなくなり水が腐っても撤去されない黄色いボート

夏の月

新人の作る資料のゴシックが純利益より気になるじゃない

二年ほど嫌ったひとはもういない足下に散るしろさるすべり

ほろ酔いで月夜を歩く我々は蟹であるから手をつながない

遠くから見ているだけの夏の月　いろとりどりの放置自転車

広島の従妹と散歩した夜の（月のひかりも日焼けするんよ）

気の抜けた炭酸水を飲んでいる今年の夏ももうすぐ終わり

ひっそりと夢を叶える夕闇に動物園のゲートが溶ける

唐辛子オイルのなかで緩慢なサーカス団がしている輪投げ

もう君に相談したりしなくても火の輪くぐりはひとりでできる

スカートがくらげみたいに膨らんで水の匂いの地下鉄が来る

騙されて口に含めばしゃんとする　真実辛いジンジャーエール

沈むお茶碗

考えずカゴに入れたるこんにゃくは目を閉じているあなたのようだ

口数が少なくなってゆく秋のつめたい水に沈むお茶碗

離れゆく船をあなたの目の中にみとめたけれど怒りつづけた

出立の朝にあなたはベランダの皇帝ダリアをよろしくと言う

信号が変わって歩き出すひとの薔薇の葉色のフレアスカート

突き抜ける初秋の空さみしさが遅れてやってきそうな空だ

花嫁を見送ったあと目に映る芝生のうえの黄色い木の葉

ささやきが大きく響くシェルターの中へと枯葉舞い込んでくる

金属を選り分けていた指先が気づかぬうちに痛んでおりぬ

街中に溢れるジャック・オ・ランタン苦しい時に笑うんじゃない

笑ってる子犬バンザイさせながら「純血種って弱いんだって」

まだ何も失ってない　真四角の窓から見えるアンテナに鳥

盆栽の鉢一列に並べられペントハウスに秋の日は射す

長いこと主のいない角部屋にウンベラータは日々育ちゆく

真夜中に働いている人がいて鉄を転がす音が響いた

真っ白な猫のしっぽを想いつつ花穂を撫でてぼうっとしてた

回想はとても明るい雨でしたバケツに映る出目金の影

眠ったら遠くへ行けた／目覚めたらまだここにいた　雨の日曜

南風

岡山発南風５号ふるさとの空の青さが近づいてくる

高知では知らんひとともよう喋る日曜市の日除けのしたで

ピーマンのなかに涼しい部屋があることを考えている日盛り

四人乗りブランコ消えてしまいたりヤマモモの樹をひとつ残して

捩花のちいさな螺旋　消息をたずねてみたいおさなともだち

むかし海だった空き地は野の花の根元に白い貝殻がある

ザリガニを釣った水路をさがしつつ鉄工場のめぐりを歩く

エメラルドグリーン色の金網が囲む母校を遠く眺める

雨の中静止しているクレーンを夕焼けがいま迎えにきてる

金網を乗り越えてゆく草のはら世界がとても広かったころ

褐色にかわってしまう冠はしろつめくさの野に置いてゆく

手のひらを耳にあてたりはなしたり砂漠の風がきこえるあそび

一度だけ歯が生え変わる子供たちそこから先の時間の永さ

ついさっき沈んでいった夕焼けを砂の中から探そうとしてる

繕いをしているように砂浜へ何度も寄せて返す白波

穏やかな海に向かって手をつなぐ　水平線が壊れぬように

眠る間に

経糸のほつほつと切れ祖母はもうわたしの歳を覚えていない

「泰山木の大きな花が咲きよる」と日が暮れるまで教えてくれる

何度忘れてもそのつど見つけては同じ言葉で教えてくれる

鶏頭は畑の隅に立っていてあらゆるものを見張っていたり

しゃらしゃらとそこだけ雨が降っていた山間にある橋の真ん中

羽化までをじっとしている幼虫はこの世の雨を感受している

花火見てふわふわ帰る暗闇におしろい花の香りがしたよ

土間があり祖母が煮炊きをした頃は火の神様も住みよかったか

誰の手がまるめた餅か粒餡が（世界が見たいよう）と出ている

この家の記憶が消えてしまうことノウゼンカズラ囁いてくる

幽霊でございます、と起きてくる祖母のジョークを諫めておりぬ

眠ったら必ず目覚めますようにコップに残るゆうぐれの水

汲みたての水を抱えてたぷたぷと黄花コスモス咲く道をゆく

お墓さんがぶるぶる揺れやせざったか。来てくれて嬉しいようって

おばあちゃんのうしろをついてゆく猫の踏むあぜ道の苔のふかふか

一年で大木と化すバナナの木今年も鉈でぶちきった祖父

バナナの木倒れたあとの草原に秋の日差しが一面に降る

待っている使われるのを待っている入れ物だけが草地に残り

一日を祖母は眠りぬ結露する窓の向こうに鈍色の森

夢でならお嬢さんにもなれるからうつつを食べてまた潜りゆく

庭中の花の名前を知っている祖母のつまさきから花が咲く

手紙から言葉を攫う風が来て　愛という字は吹き飛びました

鉛筆の幼き文字で書かれたる手紙ひときわ明るく燃える

庭先に椅子ひとつある祖母の家　蠟梅の香に包まれている

雨粒の滴る森のやわらかく俯いているアカキツネガサ

発火する喉にマフラー巻きつけて歩いてまわる早春の森

黒揚羽ひらりひらりと見て廻る新しい棟　祖母の眠る部屋

この匂い覚えているよ雨上がり喜んでいたちいさな身体

眠る間にすべてを忘れますように　百合の香りがしている廊下

長い髪、おさげにすれば良いのにと祖母はわたしを懐かしく見る
また来るね、手を握ったら「離れなくなっちゃった」って祖母は笑った

とおい心音

透明な冬日のなかを擦れ違う龍角散の香りのひとと
存在を確かめにゆく信号を風花乱しながら渡って

薔薇の棘わたしの手から生えていて今日庭園は閉ざされて在り

魔女が薬草煮るように弟のホットミルクを温めている

口に出さなくてもわかる怒ってる部屋の空気がぱちぱちしてる

転校生のわれはつとめて笑いおり桜の花が目に入りそう

教室を離れてひとりカンヴァスに咲かせていった青い向日葵

上履きはすぐに汚れるコの字型した日陰にも春が来ている

微笑んだピエロの顔の半分は青い夜空の色をしていた

片目だけ涙を流し眠ってる子供はいます月のうらがわ

傘のないあなたを傘に入れるとき雨は明るく色づいていた

二人乗りする自転車のがたがたの道で笑いがとまらなくなる

しあわせな一日だったなみなみとしているものをこぼさず帰る

細部まで語る言葉を持たなくてときどき色を変えてみる爪

夢で長く生きてしまった明け方に目覚めたときのとおい心音

真っ青な空に足場を組んでいたひとがしずかに降りてくる昼

きりんのようで

黙しつつ歩めば君は草原のきりんのようで月が美し

緑陰にピアノを弾いている君よ　金のペダルを素足で踏んで

ましずかな日差しのなかへのびているしあわせそうな脚を見ていた

玉結びさえも少々もたついて君の隣でするボタン付け

伝えたいことも伝えずただひとり波打ち際に立つようなふり

今日君と喋ったことを何度でも繰り返してる線香花火

つぶやきで世界を埋める埋められぬ場所に小さく菫が咲いて

伝えたい思いは既に変わりつつあるのか重い扉を開ける

名乗らずにあなたの傍にいたいなどと思えばそれは何なのだろう

きっかけを逃せば二度と訊けないということもある　春に降る雪

廃線の駅をつないで現れた星座に古い切手を貼った

友達と交互に眠り夕焼けを見ていた旅の終わりの窓に

街を背に虹の身体は透けていて手に入らない名前を呼んだ

回送の電光掲示／雨を吸う白線／鳩の眠る天井

そう遠くない日わたしの目の前でこんな目をしたひとがいたはず

明るくて心楽しいひとたちと日照雨に濡れてのぼる坂道

みなとみらい

落下する乗り物数多あるなかで巨大な円をゆっくり描く

観覧車の天辺に来たゴンドラの白い支柱がまっすぐになる

旅人を見送っている青空にホテルの窓がつぎつぎ開く

赤レンガ倉庫の先に佇んで老嬢ふたり海を見ている

着岸のときに心を寄せてくるマリーンルージュの白き船体

遺構ともいえるベンチにこしかけて小さな女の子が靴を履く

凪いでいる海は柔らかい鏡　くちびるあかい船が横切る

待っていることも忘れて公園でカモメの赤い脚を見ていた

目を敢えて合わさぬようにしていれば諦めた犬遠くへ行った

本番用メイクを終えたクラウンが天幕を出てゆけば秋空

海の破片

鼻声ではじまる五月なつかしい恋しいひとと話がしたい

翼竜に初夏の日差しを遮られ非常に暗い一日でしょう

二極化してゆく初夏を見つめつつわたしは何も選ばずにいた

見つめられ自分のことをしゃべるのは手紙を開くような苦しさ

朝焼けの雲がくずれてひろがってわたしやさしくなれるだろうか

砂色の大気の層に溶けながら目の高さまで海が来ている

数万の鰯の群れが砂浜に打ち上げられて朝焼けを待つ

しゃらしゃらと海が輝く明け方に破片になって迎えにきたよ

沸騰し始める海の泡たちがとりとめもない記憶を話す

遠いものすべてが青い色をしていればあなたも目覚める頃か

この箱を開けないでね、と言いながら乙姫様がする蝶結び

布一枚のこころに石が落ちてきて重たいとても包みきれない

滅びない身体でどこまでゆくだろう波間に浮かぶスーパーボール

モビールの魚の影は床に揺れ夢から覚めた君を見ている

朝食をいただきましょうきらきらと平らな海をテーブルにして
海風にあおられながらともだちは奇岩の尖ったところを歩く
泳いだりしなくてもいい原始から変わらずにいるヒトデを君に

店先に干されてうんと輝いた鰯の銀をお土産にする

コンタクト外した目にはあわあわと部屋の四隅が光って見える

首長竜目覚めてのびをするときの夏の日差しはじんわり暑い

木蓮

つまさきをひかりのなかに見ていれば届くあなたの透明な影

ブロンズの身体でふたり遠目にも仲良さそうにさみどりのなか

消していたラジオつければつごうよく隣りにいてくれるひとのよう

黒板を消しても残る落書きのようにあなたがまだそこにいる

船を待つわずかな時間アネモネの花びらに似た貝殻さがす

菜の花の間をゆけば紺色のスカートに付くほのかなひかり

透けながら眼前に立つ木蓮のいいえ謝る必要はない

押しとどめようとしている海の泡あなたのように弱い力で

少しずつ浸食されていまはもう驚くほどに平らなこころ

好きだったひとを忘れて新緑の世界ようやく胸に迫りぬ

解説　こんなところにも咲く花

東　直子

風に乗って飛んできた種が、道端に芽を出す。その草が、人知れずしずかにのび、いつか可憐な花を咲かせる。こんなところに花が咲いている、と目が留まる。こころ細そうに、しあわせそうに、そして、たくましく風にそよいでいる。原田彩加さんの歌は、そんな花に似ている。

スプーンを水切りかごへ投げる音ひびき続ける夜のファミレス

この歌は、現代歌人協会主催の全国短歌大会で、都会で働く若者の心境を反映する場面を切り取った一首として多数の選者から注目を集め、朝日新聞社賞を受賞した。夜のファミリーレストランで一人、誰とも話さずに食事をしていると、まわりの音がやけに鮮明に耳に入ってくる。客もほとんどいなくなった深夜だろう。厨房の音まで聞こえてくる。洗浄したスプーンが水切りかごに次々に放り投げられ、チャリン、チャリンと金属がぶつかり合う高い音を立てる。この音は、主体の孤独感を表すとともに、こんな時間に黙々と働いている人がいる、ということを知らせる音でもある。名前も分からず、声も聞こえず、姿も見えない人へ、不思議な共感を覚えながらスプーンが重なりあう音を聞いているのだ。

さびしさはあるが、焦燥感にとらわれているわけではなく、かすかな安堵感もある。一首の中に込められた感情が一通りの方向に向かうのではなく、微妙なにじみをともなって広がっていく。それが、原田さんの歌の特質ではないかと思う。

振り向けば笑ってくれる恋人の浴室の壁のようなやさしさ
テーブルのうえはまぶしい曇り空ひとりの朝に皿を並べる
廃線の駅をつないで現れた星座に古い切手を貼った

孤独感やさみしさが通底しているが、同時にしずかな充足感もある。一首目の「浴室の壁」という独特の比喩で表現される恋人は、安心感とひややかさの両面が、二首目では、雲を通して届く光のまぶしさを感受しつつ、きちんと生きていこうとする決意が感じられる。三首目は、使われなくなった廃駅に新しい活路を見いだそうとしているようだ。

この世は、はかない。しかし絶望はしない。柔軟な感性で、さみしいこの世におだやかな火をともそうとしているようである。

それは、都市生活者の日常生活を描いたときに味わい深さを増す。

帰ったら上着も脱がずうつ伏せで浜辺に打ち上げられた設定

仕事で疲れきって帰り、上着を脱ぐ元気もない、と感じたことは誰しもあるのではないだろうか。とても辛い状態だが、その姿を客観的に捉え、「浜辺に打ち上げられた設定」と表現してユーモアを与えている。見慣れた部屋が、どこかの遠い浜辺となり、自分の身体は、ヤシの実のような漂流物となる。想像の力で、全身の疲れを未知の世界へと解き放っているようだ。

眠ったら会いたい人に会えそうだ　会社の長い廊下を歩く

疲労がたまり、勤務中に強い眠気に襲われてしまった。もうろうとする意識で歩いている廊下が、夢の世界へと通じる道のようである。そこに浮かび上がる、好きな人に会いたいという想い。ひりひりするような痛みを伴う希求ではなく、あたたかな光につつまれるような穏やかな願望である。疲労をファンタジーとリンクさせることによって、ひたむきに生きるためのエネルギーをためているのだ。

もうお会いすることのない方々へ一枚一枚菓子を配りぬ
浅い引き出しはお菓子の屑だらけ　今日からここがあなたの席よ

ＯＬの生活につきもののお菓子。退社するときにも粛々とお菓子を配りながら挨拶をする。一枚のクッキーが、ここにいましたよ、という痕跡を残すためのマーキングのようである。又、新しい職場の方では、その前に使っていた人の痕跡として、お菓子の屑がまかれていた。ビジネスをするための場所である会社。そのビジネスの内容だけしか見ない人も多いが、原田さんは、人間が集まる場所としての細部に鋭く着目する。机の中のお菓子の屑など、ビジネスの観点からするとどうでもいいことである。しかしその細部から苦味を伴うポエジーが立ち上り、働くということへのやわらかな問いが見えてくる。

（触れないでください）散った花びらにうさぎの顔で近づいてゆく
花びらの風に流れるオフィス街みなシルエットとなりて遊べり
午後からの出勤　花の雨に濡れ会社のロゴがすこしはきれい
転校生のわれはつとめて笑いおり桜の花が目に入りそう

集中繰り返し描かれる、散りゆく花のイメージは、過ぎていく時間を可視化したものなのだと思う。思うようにはいかない、不如意なこの世。しかし、はかなく美しく散っていく桜の花びらを眺めつつ、噛みしめるようにいつくしむ心が見えてくる。

桜以外にもたくさんの動植物の気配が、歌に込められている。

チランジアキセログラフィカ持ち上げて（わたしの嘘を聞いていたかい）
ベランダの上の階から降ってくる盛りを過ぎたバラの花びら
日除けにと母が育てしアブチロン日に日に部屋へ押し寄せてくる
回想はとても明るい雨でしたバケツに映る出目金の影
風の強い日にも怯えることはない昆虫館のモルフォ蝶たち
汲みたての水を抱えてたぷたぷと黄花コスモス咲く道をゆく

これらの歌から醸し出される豊饒な感覚の源は、幼い頃を過ごしたという南国高知にあるのではないだろうか。記憶の中の明るい光が、現実をほのかに照らす。

庭中の花の名前を知っている祖母のつまさきから花が咲く

その高知に住む高齢の祖母を詠んだ歌。この「祖母」から、花の名前をたくさん教わったのだろう。眠ることの多くなったその身体に閉じこめた花の記憶が、つまさきから幻の花を咲かせるのだ。愛情と尊敬と切なさが伝わる秀歌である。

行列がなくなり水が腐っても撤去されない黄色いボート

いやおうなく変わっていくもの。変わらざるを得ないもの。その上で、変わることなく存在するもの。経過していく時間の中で置き去りされたものへ向ける視線は、あくまでも冷静である。心を平らにして、しずかに祈りを捧げるときのように。

穏やかな海に向かって手をつなぐ　水平線が壊れぬように

原風景の高知。現住所の横浜。勤務先の東京。訪れた様々な場所。出会った人々。そこで織りなされる営みを繊細な感覚で捉えた手触りのある歌は、繰り返し読むことで味わいが深まる。自然に心が寄り添い、ずっとここにいたかったと思う。

様々な人の原風景を刺激する一冊であることは、間違いないだろう。

あとがき

わたしは幼い頃から、母方の田舎で遊んでいました。高知県土佐郡大川村は、山深い、離島を除けば全国で一番人口の少ない村で、夏の渇水の時期には、ダムに沈んでいる旧村役場が現れて、ニュースで映像が流れたりします。

夏休みは特に楽しくて、年の近い従姉妹と探検したり、泳ぎに行ったり、絵を描いて蔵の壁に貼ったり。遊びは無限にありました。花が咲いていると祖母が名前を教えてくれました。わたしはこの田舎が好きで、大人になってからもよく帰っています。

小学校五年の時、親が転勤になったため、それまで暮らしていた高知市内から横浜に越してきました。転校先の小学校は高知の小学校と比べると、暗く、小さく、閉鎖的で、「田舎者」「変な言葉」といじめられ、あまりの環境の違いに、小学生のわたしは、自分を見失いました。もしかしたらまだ見失ったままなのかもしれません。高知が好きなのに、わたしの高知弁はどこか偽物感が漂います。高知出身なのにお酒は飲めないし、ぜんぜんポジティブじゃないし……。

短大に短歌創作の授業があり、短歌をはじめました。在学中は野々山三枝先生にご指導いただきました。短歌を作ることは楽しく、何もかもそこへ留めておける気がしていました。自分の作品が新聞歌壇に載って先生方に褒めていただいたことは、その後も心の支えでした。

二〇一一年、東直子先生のNHK文化センターの講座に思い切って申し込んだことは、人生の転機となりました。わたしはそれまで、ひとりでほそぼそと短歌を作っていたのですが、東講座で出会ったみなさまはとても温かく、熱心で、短歌をやっていてこんなに気持ちの通う仲間がたくさんできるとは、思ってもみませんでした。

東先生と、東講座のみなさまとのご縁がなければ、この歌集は世に出すことができませんでした。多大なるご助力をいただきありがとうございました。

東先生には装画も描いていただきました。わたしの原風景である高知の田舎にも、いま、働いている東京にも遍在する黄色いボート。装丁はデザイナーの東かほりさんにお願いしました。いずれも素晴らしい仕上がりに感激しています。

出版の機会を与えてくださった書肆侃侃房の田島安江さん並びに黒木留実さんには、大変お世話になりました。この場をお借りして改めてお礼申し上げます。

最後になりますが、第一歌集の出版を喜んでくれた両親、親戚、友人たち、この本を手に取ってくださったすべての方へ、感謝を捧げます。

黄色いボートはしあわせの象徴です。

二〇一六年　初冬

原田彩加

■著者略歴

原田 彩加（はらだ・さいか）

1980年高知県生まれ。横浜在住。
昭和女子大学短期大学部在学中に短歌と出会う。
2000年度朝日歌壇賞（佐佐木幸綱選）受賞。
2011年、ＮＨＫ文化センター青山教室にて東直子講座を受講。
2014年、現代歌人協会主催「第43回全国短歌大会」朝日新聞社賞受賞。

Twitter：@sai_sai13

「新鋭短歌シリーズ」ホームページ http://www.shintanka.com/shin-ei/

新鋭短歌シリーズ31

黄色いボート

二〇一六年十二月十四日 第一刷発行

著者 原田 彩加
発行者 田島 安江
発行所 書肆侃侃房（しょしかんかんぼう）
〒八一〇・〇〇四一
福岡市中央区大名二・八・十八・五〇一
（システムクリエート内）
TEL：〇九二・七三五・二八〇二
FAX：〇九二・七三五・二七九二
http://www.kankanbou.com info@kankanbou.com

監修・装画 東 直子
装丁 東 かほり
ＤＴＰ 黒木 留実（書肆侃侃房）
印刷・製本 株式会社西日本新聞印刷

ISBN978-4-86385-242-6 C0092